La place du bonheur

ISBN : 9782322101986

Première Edition

Publié dernier trimestre 2017

Dépôt légal dernier trimestre 2017

Editions Books on demand.com

Contexte

Nous sommes sur une place de village. Face à face, un peu comme pour un duel, un banc de fruits et légumes, et un kiosque de fleuriste. La fleuriste et la marchande de légumes semblent se détester.

Personnages :

La marchande de fleurs :

C'est une personne toujours de bonne humeur qui sourit à la vie. Elle a une relation particulière avec la marchande primeurs qui tient un banc en face de son kiosque.

La marchande de primeurs

C'est une femme courage qui peine pour joindre les deux bouts. Elle a cependant un grand cœur sous un air un peu rustre

Le gendarme

Représente la loi dans ce village où il n'a pas grand-chose à faire

Hanz

Est un étudiant en Allemand.

Cécile

Est amoureuse, crois au grand amour. Peut-être le connaîtra-t-elle un jour

Acte I

Scène I : La marchande de Fleurs, La marchande de Primeurs

La marchande de Primeurs :

Ca alors ! Partir en courant, et emmener les fruits sans payer ! en voilà un qui ne manque pas de toupet ! De nos jours, voler des fruits, je croyais que ça faisait longtemps que ça n'existait plus. Décidément on aura tout vu !

La marchande de Fleurs :

Qu'est-ce qu'elle a encore à ronchonner celle là ? Vous n'aviez qu'à faire attention à votre marchandise ma bonne dame. Sur la place du Bonheur, cela fait plusieurs années que je fais du commerce et il n'y a jamais eu de voleurs. Je vous accorde une chose, cette personne n'a pas de goût.

Le temps se couvre, tant mieux je n'aurai pas à arroser mes fleurs.

La marchande de Primeurs :

C'est sûr que vos fleurs, personne ne les volera, pour la simple et bonne raison que personne n'en veut. Et puis des fleurs à moitié fanées comme les vôtres, personne n'en a besoin, donc personne ne les achète ni ne les vole, c'est normal ! C'est la jalousie qui vous fait parler comme ça n'est-ce pas ?

La marchande de Fleurs :

Pour vous prouver que je ne suis pas jalouse, donnez-moi deux kilos de pommes s'il vous plait

La marchande de Primeurs :

Donner ? A vous ? Jamais de la vie ! Non je vous les vends et au prix fort ! Ça fait trop longtemps que vous m'ennuyez avec vos histoires vos réflexions. Là, vous allez payer le prix.

La marchande de Fleurs :

Allez-y va arnaquez moi ! Pour deux kilos de fruits je ne vais pas y laisser ma bourse, vous êtes la reine des arnaqueuses c'est bien connu.

(La fleuriste récupère les fruits)

Eh ben A ce prix là j'en aurais eu plus ailleurs, mais bon ne soyons pas trop difficile

La marchande de Primeurs :

Non mais c'est qu'elle me cherche ! Arnaqueuse vous-même, n'est-ce pas vous qui avez vendu hier des fleurs de quinze jours à Monsieur le Gendarme pour sa dulcinée ?

La marchande de Fleurs :

Ne me dites pas que vous êtes vous même blanche comme neige ! Et les poireaux du sud que vous avez cultivés dans votre jardin et vendus trois fois leur prix ? Et les pommes de terres pourries que vous avez réussi à vendre en les faisant passer pour des truffes ?

La marchande de Primeurs :

J'aurais dû vous les vendre, tiens, cela vous aurait certainement fait un repas de gala

La marchande de Fleurs :

Vous êtes méchante ! Pour votre enterrement, je confectionnerai une couronne de fleurs fanées et comme épitaphe je marquerai : « A la reine des arnaqueuses »

La marchande de Primeurs :

De toute façon à mon enterrement, vous ne serez pas invitée. A mon enterrement, ni fleurs, ni couronnes, ni marchande de Fleurs.

La marchande de Fleurs :

C'est bien beau tout ça mais qu'est-ce que vous attendez pour porter plainte

La marchande de Primeurs :

Et de quoi je me mêle ! C'est pas votre marchandise qu'on a volée !

La marchande de Fleurs :

Non je fais attention à ma marchandise moi, et puis quand j'ai un problème, je n'empoisonne pas mon entourage avec mes commentaires désobligeants dus à la colère. A votre place, d'abord, je me réjouirais car je me dirais qu'enfin je pourrais renouveler mon stock plus tôt, et ensuite, j'irais porter plainte à la police. Ainsi le gendarme surveillerait la place du Bonheur un peu plus souvent.

La marchande de Primeurs :

Et qu'est-ce que ça ferait de plus ? Le voleur pourrait lui vendre une part du butin pour sa dulcinée et lui, serait capable de l'acheter.

La marchande de Fleurs :

C'est vrai que chaque fois ça marche ! Mais vous devriez tout de même porter plainte, ne serait-ce que pour la forme. Voler une brave marchande qui arnaque ses clients c'est immonde

La marchande de Primeurs :

Brave marchande qui arnaque ses clients ... avec vous, j'ai trouvé mon maître !

Scène II : La marchande de Fleurs, La marchande de Primeurs, Le gendarme

La marchande de Fleurs :

Peut-être, mais allez donc porter plainte ! Tiens justement le gendarme arrive il va arrêter votre voleur en moins de deux.

La marchande de Primeurs :

Alors là, laissez-moi rire

Le Gendarme :

Dites donc mesdames, ne vous ai-je pas dit que la vente à la sauvette est interdite ?

La marchande de Fleurs :

Justement vous tombez bien Monsieur l'agent

Le Gendarme :

Monsieur le gendarme SVP, Je vous rappelle que vous parlez à un fonctionnaire d'état, et que les familiarités peuvent vous mener loin.

La marchande de Primeurs :

Oui ben ça va ! Vous n'allez tout de même pas la verbaliser pour outrage à magistrat parce qu'elle vous a dit Monsieur l'agent tout de même !

Le Gendarme :

Du calme Madame ! Avez-vous vos papiers et l'autorisation de la mairie vous accordant l'emplacement !

La marchande de Fleurs :

Excusez moi Monsieur le Gendarme, mais cette dame est victime, on vient de lui voler des pommes, elle tarde à porter plainte, si elle tarde trop vous ne pourrez plus rien faire n'est-ce pas ?

Le Gendarme

a alors des doutes sur la marchande de fleurs :

Mais il faut tout de suite aller porter plainte ! Les personnes jalouses sont capables de tout !

A la marchande de fleurs

D'ailleurs vous, que faisiez vous pendant les faits hein !

La marchande de Fleurs :

Mais voyons Monsieur l'agent je n'étais même pas là lorsque La marchande de Primeurs s'est fait dérober ses fruits. J'étais justement chez mon grossiste pour voir si je trouvais des fleurs de saisons pour votre Augustine !

Le Gendarme :

Augustine ?

La marchande de Primeurs *à La marchande de Fleurs*:

Mais non pour sa Cunégonde

Le Gendarme :

Mais enfin de qui voulez-vous parler ?

La marchande de Fleurs :

Votre douce aimée Monsieur l'agent ! Celle pour qui votre cœur chavire ! J'ai trouvé des roses qui lui mettront le cœur en fête !

Le Gendarme :

Des roses, pour mon Henriette ! Mon Dieu ! Elle va adorer cela !

La marchande de Fleurs *(à La marchande de Primeurs)* :

Bon qu'attendez vous pour aller porter plainte, que le voleur revienne ?

Le Gendarme :

Ben oui voyons, allez ma bonne dame c'est votre devoir de citoyenne

La marchande de Primeurs :

Bon puisque vous insistez, j'y vais !

A peine est-elle partie que La marchande de Fleurs va reposer les fruits achetés sur l'étale de La marchande de Primeurs, sous les yeux étonnés du gendarme

La marchande de Fleurs :

Pour la dédommager
Je lui ai acheté ses fruits
Je n'en mange jamais
Mais que ne ferait-on pas pour une amie ?

A ce vaurien j'aimerais dire
Que de voler cette femme
Il n'y a rien de pire
Maudit soit cet offenseur d'âme

Jour après jour elle vend ses primeurs
Qu'elle cultive avec tout son cœur
Aussi, sa marchandise a-t-elle plus de saveur
Et elle attire bien sûr les voleurs

Bien sûr elle a un sale caractère
Elle ronchonne toujours
Mais elle m'est si chère
Pourrais je le lui dire un jour ?

Chacun sait que nos disputes
Ne sont même pas des chamailleries
C'est ainsi que l'on se chahute
Nous sommes si proches, si unies

Ne dites surtout pas que je lui ai rendu ses fruits
Ce sera notre secret !
Si elle le sait elle me fera des ennuis
Me déclarer la guerre sera son décret

Ne dites rien Monsieur Le Gendarme
Faites comme si vous n'aviez rien vu
Surtout ne rompez pas le charme
Par magie les fruits lui sont revenus

Faites comme si c'était pour votre Ginette
Retrouvez ce voleur
Pardon je voulais dire Henriette
Celle qui a votre cœur

Le Gendarme :

Mais alors vous avez de l'estime pour elle !

Scène III : La marchande de Fleurs, Le Gendarme, Cécile

Arrive Cécile. Sous l'œil inquiet du gendarme, elle regarde les fruits et légumes exposés sur le banc.

Le gendarme :

Je peux vous aider ?

Cécile :

Non merci Monsieur l'Agent

Le gendarme à Cécile :

Alors circulez !

La marchande de Fleurs :

Aïe, aïe, aïe ; s'il surveille l'étalage maintenant !

Le gendarme à La marchande de Fleurs :

Pardon ?

La marchande de Fleurs :

Je disais quelle chance on a de vous avoir maintenant on se sent plus en sécurité

Le gendarme à Cécile :

Vous entendez ? Circulez, il n'y a rien à voir ici !

Cécile :

Dites donc soyez poli je vous prie, mon fiancé n'apprécierait pas que l'on me parle ainsi !

Et puis il y a à voir ! Je peux réfléchir devant l'étalage à ce que je vais faire au prochain repas tout de même !

Le Gendarme :

Vos papiers s'il vous plait !

La marchande de Fleurs :

S'il vous plaît Monsieur le Gendarme, pourriez vous me donner l'heure ?

Le gendarme :

Ne m'interrompez pas pendant mon travail ! C'est une mission d'état que j'effectue Madame !

La marchande de Fleurs :

Comme vous voulez, c'est seulement que je dois bientôt aller chez mon grossiste pour récupérer les roses pour votre Honorine

Cécile

Honorine ?

La marchande de Fleurs :

Oui la dulcinée de Monsieur le Gendarme, elle aime les roses et j'en ai commandé des spéciales pour elle.

Le Gendarme :

Ce n'est pas Honorine c'est Henriette ! Et puis je n'aime pas que l'on affiche ma vie sur la place publique comme ça ! Vous mériteriez que je n'achète pas vos roses tiens !

La marchande de Fleurs :

Comme vous voulez Monsieur l'agent ! Je peux très bien annuler ma commande vous savez ! Le problème est que ces roses sont très rares, qu'elles sentent très bon et que le grossiste ne les vend pas à tout le monde.

Le gendarme :

Vous me dites cela parce que vous voulez que j'achète vos fleurs

Cécile :

A ce moment là moi je les achète car mon fiancé m'a envoyé un mandat pour que je m'offre des fleurs. Ce n'est pas le cas de Joséphine je vois

La marchande de Fleurs :

Vous savez Mademoiselle Cécile, de ces roses là vous m'en direz des nouvelles

Cécile :

Marché conclu ! Je vous achète la botte entière. Mon chouchou me gâte vous vous rendez compte les beaux cadeaux qu'il me fait

Le gendarme :

Et moi alors ! Qu'est-ce qui me reste pour Henriette

La marchande de Fleurs :

Tenez Monsieur l'agent offrez lui celles là je suis sûre qu'elles lui plairont !

Cécile :

Mon chouchou m'a offert les mêmes la semaine dernière.

Le gendarme s'en va

Cécile :

Vous m'avez tirée d'affaire qu'est-ce qu'il fait des excès de zèle alors !

La marchande de Fleurs :

Il n'est pas méchant dans le fond, lui parler de sa dulcinée, c'est le remède miracle. A tous les coups ça marche.

Vous tenez vraiment à acheter les roses ?

Cécile :

En fait, je suis venue pour m'acheter des fleurs car mon fiancé m'a envoyé un mandat pour m'en offrir mais peu importe s'il s'agit ou non de roses.

La marchande de Fleurs :

Mais vous ne le voyez pas souvent !

Cécile :

Hélas, il est toujours par monts et par vaux, me promet toujours des merveilles et moi j'attends, j'y crois. Chaque jour il m'envoie un cadeau, un billet doux, quelque chose de différent

La marchande de Fleurs :

Et oui c'est beau l'amour !

Scène IV : La marchande de Fleurs, Cécile, Hanz

Hanz entre en scène lisant un livre et récitant à voix basse.

Cécile :

Voici notre germaniste favori : Hanz, qu'étudiez-vous aujourd'hui ?

Hanz :

Aujourd'hui, c'est les déclinaisons, les fleurs et les légumes

La marchande de Fleurs

A ce propos, c'est l'heure il faut que j'aille chez mon fournisseur car sinon demain je n'aurai rien à vendre.

La marchande de Fleurs range ses affaires et s'éclipse discrètement

Cécile :

C'est tout de même formidable cet amour que vous avez pour la langue de Goethe.

Hanz :

Pas seulement pour celle de Goethe, mais aussi celle de Schiller et bien d'autres poètes

Cécile :

Moi, il me semble que je n'arriverais jamais à prononcer ces mots à rallonge et en plus ces déclinaisons, oh mon Dieu, comme dit mon fiancé, rien que d'y penser …

Hanz :

Allons allons, ce n'est pas impossible tout de même ! Vous voulez essayer ?

Cécile :

Bien disons que

Hanz :

Par exemple : Les fleurs : Die Blumen

Cécile
répète application :

Die Blumen

Hanz :

Bien voyez ! Continuons : Blumen einkaufen ! Acheter des fleurs

Cécile :

bloum quoi ? Là, excusez moi, c'est trop difficile pour moi

Hanz :

Einkaufen acheter. Blumen les fleurs. Acheter des fleurs Blumen einkaufen ! es ist doch einfach ! euh pardon c'est facile non !

Cécile :

De grâce non il faut non seulement prononcer des mots imprononçables et en plus, les dire à l'envers ; là j'abandonne !

En plus il se fait tard, je dois rentrer. Bonsoir Hanz

Hanz :

Voulez vous que je vous accompagne ? je peux vous le proposer en Allemand si vous voulez !

Cécile :

Volontiers, puisque vous y tenez proposez le moi dans la langue de Goethe :

Hanz :

Darf .Ich Sie begleiten?

Cécile :

En effet c'est très beau ! Avec plaisir ! Allons y

Acte II

Scène V : La marchande de Fleurs, La marchande de Primeurs :

La marchande de Fleurs :

Ça y est, vous avez porté plainte ?

La marchande de Primeurs :

Ca vous regarde ?

La marchande de Fleurs :

Toujours de bonne humeur à ce que je vois ! C'est l'ambiance du poste de police qui vous rend l'âme si joyeuse ?

La marchande de Primeurs :

J'ai du boulot moi !

La marchande de Fleurs :

Dites moi, votre prénom ne serait-il pas Henriette par hasard ?

La marchande de Primeurs :

Proserpine vous voulez dire

La marchande de Fleurs :

Oui ou Euphrasie ! En votre absence notre brave gendarme a monté la garde devant votre banc. La pauvre Cécile qui voulait regarder les légumes, a failli vous rejoindre au poste

La marchande de Primeurs :

Et alors que s'est-il passé ?

La marchande de Fleurs :

Je lui ai proposé des fleurs pour sa Cunégonde. Il a fait mine de les refuser. Cécile a immédiatement compris mon manège et a joué le jeu. Elle a fait semblant d'être intéressée et l'a devancé pour l'achat des fleurs.

Je lui ai donc vendu d'autres fleurs, si vous aviez vu sa tête !

La marchande de Primeurs :

Mais attendez je ne comprends pas ! Mon stock ne tombe pas juste !

La marchande de Fleurs :

C'est normal qu'il vous en manque

La marchande de Primeurs :

Non mais j'en ai en trop

La marchande de Fleurs :

Alors il ne vous reste plus qu'à apprendre à gérer vos stocks

La marchande de Primeurs :

Ah non pas ça ! Hein ! Alors là !

La marchande de Fleurs :

Alors quoi ?

La marchande de Primeurs :

Ca c'est vous ! Je vous reconnais bien là !

La marchande de Fleurs :

Qu'est-ce qu'il y a maintenant c'est de ma faute si vos stocks ne tombent pas juste, mais j'y suis pour rien moi, je ne suis pas dans votre comptabilité !

La marchande de Primeurs :

Oui mais

La marchande de Fleurs :

Mais quoi ?

La marchande de Primeurs :

Je suis partie et vous en avez certainement profité pour…

La marchande de Fleurs :

Allez-y traitez moi de voleuse maintenant ! Mais je ne vous permets pas !

La marchande de Primeurs :

C'est cela oui, n'importe quoi celle-là, la voilà qui se prend pour une voleuse des grands chemins maintenant. Dites donc où sont les fruits que vous m'avez achetés ?

La marchande de Fleurs :

Ils sont à moi ces fruits !!! Au prix où je les ais payés !

La marchande de Primeurs :

A vous, à vous, certes mais où sont-ils ?

La marchande de Fleurs :

Qu'est-ce que ça peut vous faire ? Je vous demande moi où sont les fleurs que vous m'avez achetées la semaine dernière

La marchande de Primeurs :

A la poubelle ma bonne dame, le lendemain elles étaient toutes fanées.

La marchande de Fleurs :

Ca, c'est bien fait pour vous, vous ne voulez jamais suivre mes conseils alors ne vous plaignez pas de mes fleurs. Car mes fleurs sont de bonnes qualité, c'est pas le cas pour les autres marchandises que l'on peut trouver sur la Place du Bonheur

La marchande de Primeurs :

Non mais ça va pas de dire des choses pareilles ! vous n'avez pas honte ! je n'achète pas mes légumes à la ville moi !

Scène VI : La marchande de Primeurs, La marchande de Fleurs, Hanz, Cécile

La marchande de Primeurs :

N'empêche que j'y comprends rien mes fruits ne sont pas revenus par magie tout de même ?

La marchande de Fleurs :

Ben retournez à l'école apprendre à compter ma bonne dame ou alors remerciez la magie j'en sais rien moi !

La marchande de Primeurs

Avec tout ce bruit et vos réflexions, je n'arrive pas à me concentrer. Je rentre

La marchande de Primeurs part, Entre Hanz :

Hanz

Blumen, gemüse,

La marchande de Fleurs :

De grâce parlez Français !

Hanz :

N'avez vous pas vu Cécile ?

La marchande de Fleurs :

Non pas encore mais quelle heure est-il ? *Elle regarde sa montre (ou le clocher du village)* mon Dieu, il faut que j'y aille

Hanz tout seul :

C'est bien beau tout ça mais où vais-je trouver Cécile moi ?

Arrive alors Cécile se promenant

Hanz :

Ah Cécile ! Justement je vous cherchais

Cécile :

A bon pourquoi ?

Hanz :

Le facteur s'est trompé et a mis dans ma boite aux lettres un courrier vous concernant

Cécile :

C'est pour cela qu'aujourd'hui je n'avais pas de nouvelles de mon bien aimé !

Hanz :

Il vous écrit tous les jours ?

Cécile :

Chaque matin, j'ai soit un billet doux, soit un cadeau, dans ma boite aux lettres. Cela fait bientôt trois ans que ça dure. Trois ans que je ne l'ai pas revu.

Parfois, je me demande s'il est vraiment sincère. Comment faire pour rester loin de quelqu'un que l'on aime sans le voir depuis des années. Je me dis aussi que les propos enflammés qu'il me tient ne peuvent venir que de quelqu'un qui vous a donné son cœur

Hanz :

Moi, je ne pourrais pas vivre loin de quelqu'un que j'aime

Cécile :

Par la force des choses on s'y habitue.

Cécile ouvre l'enveloppe. On voit que le courrier qu'elle reçoit l'affecte.

Hanz :

Quelque chose ne va pas ?

Cécile :

Il part, il part pour l'étranger ! il m'expliquera pourquoi dans une prochaine lettre. Il exagère tout de même ! A moins que…

Hanz :

A moins que ?

Cécile :

Que je quitte le pays et aille le rejoindre. Voilà une idée géniale. Je boucle mes valises et part aussitôt.

Hanz :

Mais enfin on ne quitte pas un pays sur un coup de tête et vos affaires, comment vivrez vous là-bas ?

Cécile *en quittant la scène*

On verra bien !

Hanz :

Voilà quelqu'un qui a du courage ! Moi qui ai toujours rêvé de partir en Allemagne… Pourquoi ne ferais-je pas pareil après tout ?

Arrive La marchande de Primeurs ;

La marchande de Primeurs :

Eh bien j'ai croisé Cécile, elle a l'air drôlement heureuse vous savez qu'elle nous quitte.

Hanz :

Oui j'admire son courage, partir comme ça !

Arrive La marchande de Fleurs

La marchande de Fleurs :

Ah Hanz je vous cherchais

Hanz :

Pourquoi donc ?

La marchande de Fleurs :

J'ai reçu une lettre d'Allemagne, j'aurais aimé que vous la traduisiez.

Hanz :

Avec plaisir : *Hanz traduit :*

Madame, La galerie marchande où vous avez fait une demande d'offre n'ayant pas pu donner une suite favorable.

La marchande de Fleurs :

Oh dommage !

La marchande de Primeurs :

Voilà on va encore en avoir pour un bon bout de temps à la supporter ici c'est moi qui vous le dit

La marchande de Fleurs :

Continuez Hanz, ne faites pas attention aux ragots

Hanz :

Nous souhaiterions votre présence pour tenir un banc de fleur dans une autre de nos succursales Allemandes. Si vous êtes d'accord, nous serions ravis de vous accueillir au plus tôt.

Nous vous prions de croire, Madame,

La marchande de Primeurs et La marchande de Fleurs :

YOUPI !

La marchande de Fleurs à La marchande de Primeurs :

Ca vous prend souvent ? Qu'est-ce qui vous arrive ? ça vous regarde pas !

La marchande de Primeurs :

Si ça me regarde !, vous vous rendez compte !, je n'aurai plus à sentir l'odeur de vos fleurs, et à vous voir tous les jours dire des : « Faut les arroser tous les jours » « Ah il fait beau aujourd'hui avec un temps pareil on peut qu'acheter des fleurs » ou alors « Et pour votre Zéphyrine ça vous dirait un p'tit bouquet m'sieur l'agent ? ». C'est une bénédiction pour moi ! ouf !

La marchande de Fleurs :

Eh bien réjouissez vous, fêtez cela, moi, je pars sur le champ.

La marchande de Primeurs :

Bon vent !

Hanz :

Il ne reste que moi alors ?

La marchande de Primeurs :

Oh vous savez je ne crois pas qu'elle suivra le même chemin que Cécile.

Hanz :

Si elle part en Allemagne, peut-être pourrais-je l'accompagner et l'aider

La marchande de Primeurs :

Mais je vous dis qu'elle ne partira pas.

Hanz :

On sait jamais je vais voir.

La marchande de Primeurs :

Alors là bravo j'ai tout gagné
Mes colères, ma méchanceté

et mon sale caractère qu'il faut mettre au panier
Ont fait de moi un monstre d'une extrême rareté

(En montrant le banc de La marchande de Fleurs)
Je n'ai jamais osé répondre à ses mots d'amitié
que par des fions et railleries
Pourtant qu'est-ce que j'ai rêvé
De pouvoir lui serrer la main et cesser nos chamailleries

Ce ne fut pas la seule victime de ma mauvaise humeur
Mais personne ne sait que lorsque vient le soir
Quand dans l'intimité se retrouvent mon âme et mon cœur,
Je touche le fond du désespoir…

Quand la place du bonheur sera vide
Il n'y aura plus que moi, je fais partie du décors
Pourquoi m'a-t-on créé le cœur vide ?
Est-ce vraiment là mon plus grand tort ?

Allez La marchande de Primeurs
C'est l'heure de savourer ton amertume
Tu perds ton amie La marchande de Fleurs
Elle s'envole vers le bonheur !

Avec elle, partent Hanz et Cécile
A leur départ je cacherai mes larmes
C'est fou cet appel des grandes villes
Je resterai avec le gendarme

Peut-être me présentera-t-il son Henriette
Alors je m'en ferai une amie
J'espère ne pas être assez bête
pour m'en faire une ennemie.

Acte III

Scène I : *Scène I : Le Gendarme, La marchande de Primeurs :*

Le gendarme est seul sur la place du bonheur.

Le Gendarme :

Elle est drôlement vide la place du Bonheur
Sans le banc de la Fleuriste
Mais il en est ainsi je n'achèterai plus de fleurs
Tant pis pour mon amour défaitiste

Arrive discrètement La marchande de Primeurs, elle s'affaire à son banc, mais prête une oreille de plus en plus attentive aux propos du gendarme

Puisque je suis seul je peux l'avouer
Il n'y a jamais eu d'Henriette
Pas plus de Félicité
Ni de Marinette

Je n'ai plus d'amour
car la mort me l'a volée
Mon cœur crie au secours
me voilà dévoilé

Son départ de ma vie fut un ravage
La peine m'ôtant toute fermeté
Au placard on m'affecta dans ce village
Sans mon consentement je fus muté

Ah mes pauvres amis ! il est bien triste votre gendarme !
Mais il doit tenir son rang et sauver son honneur
Alors, pour cacher ma peine je brandis mon arme
Et très vite pour me faire pardonner j'achète des fruits des légumes et des fleurs

Ici, je n'ai pas de difficulté à faire régner la loi
Alors je fais du zèle
Personne ne sait à quel point je me trouve bête parfois
A chercher des infractions pour donner des sanctions modèles

C'est tout de même bien la vie de gendarme de village
Moi qui comptait à mon arrivée ici ne pas y rester
Mais je découvre une si belle page
Qu'ici j'aimerais ma vie s'arrêter

La marchande de Primeurs

Eh bien là vous m'en bouchez un coin

Le Gendarme

Vous êtes là ? Je ne suis donc pas seul ! Et bien alors je suis encore plus ridicule que d'habitude !

La marchande de Primeurs :

Certainement pas. Les plus ridicules dans l'histoire c'est nous. Je ne savais pas pour votre épouse. Sinon vous savez je n'aurais jamais osé plaisanter de la sorte. Je vous prie de bien vouloir accepter mes excuses !

Le gendarme :

Cette histoire d'Henriette, c'est grotesque franchement, qui y croirait. ? Cela m'amusait lorsque vous faisiez semblant de ne pas vous souvenir et que vous l'appeliez Proserpine, Cunégonde, Berthe.

Il fallait bien que je trouve un moyen d'acheter souvent des fleurs et des primeurs, alors que je mange midi et soir au restaurant

La marchande de Primeurs *préparant des fruits et des légumes* :

Tenez Monsieur l'agent c'est pour vous, c'est à l'humain que je les offre pas à l'agent de police amoureux.

Le gendarme, gêné, fait mine de refuser

Non je vous en prie prenez le c'est de bon cœur. Je n'aurai jamais dû écouter votre monologue.

Je vous ai toujours pris pour un benêt, maintenant, je m'aperçois que le dindon de la farce, n'est pas forcément celui que l'on pense.

Le gendarme :

La place du Bonheur regorge de gens attachants. Comment faire lorsque l'on doit représenter la loi, et qu'en face de soi on a des gens si aimables, si attachants. Mais il faut garder son rang ! En plus, je fus muté ici par mesure quasi disciplinaire.

La marchande de Primeurs :

Mais nous sommes contents de vous, pas la peine de vous fatiguer Monsieur le gendarme, à vos supérieurs on fera des éloges de vous croyez moi. On fera, enfin je ferai car il ne reste plus que vous et moi ici tout le monde est parti

Scène II : La marchande de Primeurs, le gendarme, Cécile

Cécile :

Nous dirons du bien de lui car vous n'êtes plus deux, nous sommes trois dorénavant

Le gendarme :

Mais que faites vous là Cécile ?

Cécile :

Je suis de retour pour repartir à nouveau. Le temps de tout liquider. Et je pars rejoindre Hanz

La marchande de Primeurs
rangeant sa marchandise pour fermer boutique

Mais que vient faire Hanz là-dedans ?

Cécile :

Arrivée à l'étranger, j'ai surpris mon fiancé au bras d'une belle, quelle fut ma déception ! Je suis donc partie sur le champ. Sur le quai de la gare, j'ai croisé Hanz, ses bras m'ont consolée. Nous ne pouvons plus rester l'un sans l'autre. Alors, je vends tout, je quitte tout et je le rejoins.

Le gendarme :

Donc vous ne resterez pas longtemps parmi nous

La marchande de Primeurs :

Sur la place qui porte son nom, le bonheur ne reste pas très longtemps rassurons nous ! Nous ne prendrons pas l'habitude d'être heureux. Enfin je rentre chez moi.

Le Gendarme :

Décidément vous n'avez pas de chance, chaque fois que vous êtes amoureuse, votre amour s'éloigne

Cécile :

Non Monsieur le Gendarme
La distance ne compte plus
Bonjour la joie fini les larmes
On ne se quitte plus

Peu importe la distance
Les kilomètres et le temps
L'amour est une danse
que l'on danse à chaque instant

Cécile rentre alors dans un rêve éveillé, une sorte de transe Hanz arrive lentement sans parler (en fait, sa venue représente le rêve de Cécile) Tout au long du discours de Cécile, il traversera la scène, au passage il lui attrapera les deux mains)

Quand je veux, où je veux
Hanz est prêt de moi
Je n'ai qu'à fermer les yeux
Je tends la main je le touche du doigt

Il m'a dit ne verse aucune larme
Ferme les yeux et pense à moi
De l'absence ne faisons pas un drame
En notre amour il faut avoir foi

Hanz, tous mes sentiments s'envolent
et partent vers toi
Tant pis si je deviens folle
Par l'action de tous ces émois

A quoi bon la solitude si on doit vivre à deux
Cœur qui aime et bat pour l'autre n'est jamais malheureux
Quand nos âmes s'étreignent pour atteindre les cieux
Je n'ai pas honte de le dire tu es mon plus tendre aveux

Je reviendrai au plus tôt te serrer dans mes bras
Quitte à changer de vie je serai près de toi
Je passerai le reste de ma vie à suivre tes pas
On s'aime tu seras toujours près de moi

Le Gendarme :

Dans ce cas, chère Cécile, je vous laisse à vos pensées :

Scène III Cécile : Hanz en voix off

Cécile :

Merci Monsieur

Cécile se remet alors à rêver

Jerme les yeux et pense à toi, je suis près de toi

Hanz en voix off :

Je suis là

Cécile :

Passent les heures et les kilomètres

Hanz :

Ils n’ont pas d’importance

Cécile :

J’aime quand nos cœurs battent à l’unisson

Hanz :

La pensée peut aller bien au-delà. Je viens vers toi attend moi

Cécile :

Je tends les bras et je te touche du bout des doigts

Hanz :

Sens mon cœur ; Il bat en toi

Cécile :

Attends moi Hanz j’arrive

Hanz :

Ne bouge surtout pas je suis près de toi.

Cécile :

Peu importe les kilomètres tu es là

Hanz :

Peu importe le temps si tu m'aime je suis près de toi

Hanz entre peu à peu en scène :

Cécile :

Je ferme les yeux et je pense à toi

Hanz :

Réveille-toi

Cécile :

Non, je veux rester avec toi

Hanz :

Mais je suis là !

Noir total sur la scène
Dans un halo de lumière, le gendarme tente de réveiller Cécile

Scène IV : Cécile, Hanz, le gendarme :

Le Gendarme :

Cécile ! C'est l'heure de se réveiller cela fait des heures que vous rêvez !

Cécile :

Tant pis je suis bien dans mon rêve, j'y reste

Le Gandarme :

Mais enfin Cécile ! De grâce, ouvrez les yeux Hanz est là !

Cécile :

Non il est en Allemagne

Hanz :

Pas du tout je suis là

Cécile :

C'est vrai ! Oh mon Dieu mais que fais tu là ?

Hanz :

Je ne pouvais pas rester sans toi là-bas. Alors je reviens, ici pour te demander de rester avec moi.

J'aimerais être un prince charmant
Pour t'offrir mon royaume
Venir sur mon fidèle cheval blanc
Mais je ne suis pas ce genre d'homme

J'aimerais de couvrir d'or
Et mettre le monde à tes pieds
Jeter au feu les mauvais sorts
Et faire en sorte qu'ils soient à jamais reniés.

Devant témoin je te le jure
Je voudrais toute ma vie te chérir
Sans toi ma vie n'est que torture
Sans toi, vivre c'est mourir

Je n'ai rien d'autre à t'offrir
que ma vie en cadeau
C'est près de toi que je veux vieillir
Je veux voir dans tes yeux des matins nouveaux

Donne-moi la main Cécile
Ensemble nous marcherons vers demain
Donne-moi ta main Cécile
Ensemble suivons notre chemin

Reste avec moi sur la place du bonheur Cécile
Epouse moi
Je suspends ma vie au bout de ton fil
Je ne peux pas vivre sans toi

Cécile :

Et comment !! Bien sûr que je veux ?

Le Gendarme :

Chouette une fête en vue !

Cécile :

Et vous serez tous conviés !

Le Gendarme :

Merci beaucoup c'est vraiment très gentil de votre part de tous nous inviter

Hanz :

Il n'y a pas tant de monde que ça !

Cécile :

Moi, je pars acheter ma robe.

Scène III : Hanz, Le gendarme, La marchande de Primeurs :

La marchande de Primeurs :

Je viens de croiser Cécile où court-elle ainsi ? Mais c'est Hanz ! Quelle joie de vous voir là que faites vous ici ?

Hanz :

Je languissais trop la place du bonheur. Et puis je suis revenu retrouver ma belle et lui offrir mon cœur

La marchande de Primeurs :

Votre belle

Le Gendarme :

C'est vrai vous n'êtes pas au courant. Hanz et Cécile vont se marier et nous sommes tous invités à la fête.

La marchande de Primeurs :

Non !

Hanz :

Eh oui, c'est la nouveauté du jour !

La marchande de Primeurs :

Mais c'est magnifique ça ! J'en connais une qui aurait été ravie d'apprendre cette nouvelle. Et alors, les amis, je ne vous dis pas les disputes, je crois que là, on aurait battu tous les records.

Hanz :

Et si nous l'invitions aussi ?

Le Gendarme :

Vous pensez qu'elle pourrait venir ?

La marchande de Primeurs :

C'est loin l'Allemagne peut-être ne pourra-t-elle pas venir de si loin pour un si court instant ! Quoique… Attendez je reviens

L'air d'avoir une idée en tête, La marchande de Primeurs quitte la pièce d'un pas décidé.

Scène IV : Hanz, Le Gendarme :

Hanz :

Je crois que j'ai un peu trop parlé

Le Gendarme :

Sous son air méchant et son sale caractère, se cache un grand cœur. A mon avis, si on va chez elle, elle est entrain de pleurer. C'est une femme triste et courageuse mais combien attachante.

On entend en voix off deux femmes se chamailler. Il s'agit de La marchande de Fleurs et La marchande de Primeurs.

Hanz :

Tiens voilà les invités du mariage

Le Gendarme :

Venez Hanz laissons les se retrouver

Scène V : , La marchande de Primeurs, La marchande de Fleurs :

La marchande de Fleurs :

Vous croyez que vous allez garder toute la place pour vous c'est ça ? Avouez vous étiez bien seule n'est-ce pas ?

La marchande de Primeurs :

C'est pas vrai celle-là à peine arrivée elle met la zizanie

La marchande de Fleurs :

Vous êtes pire que les gens avec qui je travaillais là-bas, eux au moins avait une excuse, ils ne parlaient pas la même langue que moi

La marchande de Primeurs :

Alors là, j'imagine que vous avez du leur casser du sucre sur le dos en version life

La marchande de Fleurs :

Je vois que vous n'avez pas changée toujours aussi méchante ! Et avec des plaisanteries qui ne font rire que vous en supplément. Aujourd'hui de grâce dispensez m'en !

La marchande de Primeurs :

Oh mon Dieu dispensez m'en ! Comme si elle savait bien parler maintenant ...

La marchande de Fleurs :

Moi au moins je suis partie, j'ai essayé, vous, vous ne pouvez pas dire autant

La marchande de Primeurs :

Non, moi je n'ai pas que les futilités en tête, il fallait être folle pour partir là-bas que de souci je me suis fait qu'est-ce que j'ai pensé à vous, j'étais très inquiète. Je me disais, à tous les coups elle va en arnaquer deux ou trois et finir ses jours en prison

La marchande de Fleurs :

Ca, que je finisse en prison pour sûr vous l'avez espéré, cela vous aurait donné l'occasion de liquider vos oranges

La marchande de Primeurs :

Vous voulez rire Je ne risque pas de vous donner mes oranges au prix où ça coûte ! Et vous êtes revenue définitivement sur la place du Bonheur ?

La marchande de Fleurs :

Oui c'est fini je reviens ici et j'y reste. On y est bien à la Place du Bonheur

La marchande de Primeurs *qui a du mal à cacher sa joie* :

Bon, si je comprends bien il va falloir se réhabituer à l'odeur de vos fleurs moisies

La marchande de Fleurs :

Et moi à celle de vos primeurs

Scène VI : La marchande de Fleurs, La marchande de Primeurs, Cécile.

Cécile *à La marchande de Fleurs* :

Tien, en voilà une surprise ! Vous êtes de retour ? C'est une grande joie que de vous revoir !

La marchande de Primeurs :

Ce retour fera au moins une personne heureuse !

Cécile :

En plus, vous pourrez être tous là pour notre mariage !

La marchande de Fleurs :

Vous allez vous marier ?

La marchande de Primeurs :

C'est le scoop du jour, il n'y en a qu'une qui ne le sait pas devinez qui ?

La marchande de Fleurs :

Oh la barbe-vous !

Cécile :

Oui Hanz et moi devons nous marier, et nous vous invitons tous à la fête.

Arrivent Hanz et le Gandarme discutant

La marchande de Fleurs :

Mais c'est magnifique félicitations !

Scène VII : *La marchande de Fleurs, La marchande de Primeurs, Cécile, Hanz, Le Gendarme*

La marchande de Fleurs :

Félicitations à vous aussi Hanz

Le gendarme :

Cependant nous ne savons toujours pas quand aura lieu cette fête !

Hanz :

Laissez nous le temps de l'organiser au moins !

La marchande de Primeurs :

Vous avez le temps de vous mettre la corde au cou

La marchande de Fleurs :

Qu'elle est pessimiste ! S'ils s'aiment ils ne se passeront pas la corde au cou !

La marchande de Primeurs :

Non ils mettront leur liberté entre les barreaux, ils la remettront à Monsieur le Gendarme

La marchande de Fleurs :

C'est à croire que vous n'avez pas de cœur ma bonne dame !

La marchande de Primeurs :

Qu'est-ce que vous en savez vous ? Vous ne vous êtes jamais mariée. Quoi, que je vous imagine tiens en robe de mariée avec vos fleurs fanées sur la tête en guise de diadème.

La marchande de Fleurs :

Et vous en robe blanche derrière votre banc de fruits et légumes.

Le Gendarme :

Vous n'allez tout de même pas recommencer vos chamailleries.

Cécile :

Ecoutez ce n'est pas le moment de se disputer. Ecoutez j'ai une grande nouvelle à vous annoncer. Je sors de chez le médecin et

Hanz

Que ce passe-t-il ?

Cécile à Hanz :

Il se passe que dans quelques mois, tu seras papa

Hanz :

YOUPI !

La marchande de Primeurs :

Mes pauvres enfants, vous n'êtes pas au bout de vos peines

Le Gendarme :

J'ai trois enfants, et n'ai jamais eu de problème particulier

La marchande de Primeurs :

Et comment l'appellerez-vous ce bébé ?

Cécile :

Si c'est une fille, ce sera à coup sûr Henriette

La marchande de Primeurs, La marchande de Fleurs,
Hanz, Le Gendarme :

Henriette ?

Rideau : Lorsque le rideau s'ouvre, un an a passé

cène VIII : La marchande de Primeurs, La marchande de Fleurs, Le Gendarme, Hanz, Cécile

(un an plus tard)

La marchande de Fleurs :

Comme le temps passe vite. Un an déjà. J'ai de la peine à que l'an dernier Cécile nous annonçait qu'elle était enceinte. Trois saisons sont passées et le printemps et déjà de retour .Il fait beau aujourd'hui, ils pourront peut-être venir avec le bébé

La marchande de Primeurs :

Oh mais vous ne pouvez pas les laisser vivre en paix un instant. Depuis qu'ils ont eu leur bébé vous êtes toujours en train de les espionner !

La marchande de Fleurs :

Ca c'est la jalousie parce que Cécile ne vous a jamais de demandé de garder le bébé

La marchande de Primeurs :

Oh ça suffit maintenant avec vos allusions ! Y'en a marre c'est compris !

La marchande de Fleurs :

Je l'ai touchée au vif ! na na na !

La marchande de Primeurs :

N'importe quoi, Cécile et Hanz m'ont proposé d'être la marraine du bébé ! Alors vous voyez ! Occupez vous de vos fleurs plutôt que de dire des bêtises car bientôt on va appeler votre banc : « au banc des fleurs fanées ». Remarque, elles seront à l'identique de sa propriétaire

Le Gendarme :

Bonjour mesdames comment allez vous ce matin,

La marchande de Primeurs :

En pleine forme, y'en a qui ont une forme olympique pour dire des bêtises

La marchande de Fleurs :

Non M'sieur l'agent disons plutôt qu'il y en a qui sont toujours de mauvaise humeur, mais enfin que voulez-vous quand il fait aussi beau qu'aujourd'hui, on a plus envie d'acheter des fleurs que d'écouter les plaintes d'une éternelle mécontente

Le Gendarme :

Je vois que le temps n'arrange rien, vous êtes toujours à couteaux tirés toutes les deux

La marchande de Primeurs :

A couteaux tirés ! Non ! C'est la guerre ouverte

Arrivent Hanz et Cécile poussant un landau

Le Gendarme :

Bonjour Messieurs Dame, beau temps pour promener le bébé n'est-ce pas ?

Cécile :

Et oui, nous profitons des beaux jours pour venir dire bonjour à tout le monde !

Le Gendarme :

Oh ! notre petite Henriette !

La marchande de Primeurs :

Se penchant sur le landeau

Bonjour Mademoiselle Henriette de la Place du Bonheur ! Comme vous êtes jolie aujourd'hui. En cadeau, je t'offre les légumes de mon jardin pour tes soupes pendant un an

La marchande de Fleurs *à la marchande de Primeurs* :

Eh bien ! Vous avez gagné le gros lot ma parole ! *A Cécile :* Là vous pourrez être sûre de la qualité des légumes que mangera Henriette, vous pouvez y aller les yeux fermés.

Cécile :

C'est trop gentil merci beaucoup !

La marchande de Fleurs :

Moi, je vous offre de mon temps : tous les après-midi, je me tiens à votre disposition pour m'occuper d'Henriette ainsi, vous aurez plus de temps pourrez vaquer tranquillement à vos occupations.

La marchande de Primeurs :

Après elle dit que je suis toujours derrière Hanz et Cécile ! Vous n'y allez pas de mains mortes ! *A Cécile* : Au moins vous pourrez laisser votre enfant en de bonnes mains

Hanz :

Vraiment, votre amitié nous touche !

Cécile :

Merci du fond du cœur

Le Gendarme à La marchande de Fleurs :

Pourriez-vous me préparer deux bouquets SVP ?

La marchande de Fleurs :

Deux bouquets ?

Le Gendarme :

Oui ; Vous êtes fleuriste ou non ?

La marchande de Fleurs :

Oui

Le Gendarme :

Donc je vous passe commande de deux gros bouquets de fleurs !

La marchande de Primeurs :

Les affaires reprennent à ce que je vois

La marchande de Fleurs :

Deux bouquets

Le Gendarme :

Et pourquoi pas ! Un pour Cécile et....

La marchande de Primeurs :

Et l'autre ?

La marchande de Fleurs :

Qu'elle est curieuse ! ça vous regarde pour qui ?

Elle tend un bouquet au gendarme et en confectionne un second

Le Gendarme *à Hanz* :

Monsieur, afin vous remercier ainsi que votre épouse pour la naissance de ce magnifique bébé qui apporte tant de joie à la place du bonheur, permettez-moi de lui offrir ce bouquet de fleurs à votre épouse.

Cécile :

Merci beaucoup Monsieur l'agent

La marchande de Fleurs tend au gendarme le deuxième bouquet de fleur. Ce dernier le saisit

Le Gendarme :

Cette fois, c'est sérieux, j'ai acheté un bouquet de fleurs pour Henriette.

Le gendarme prend le bouquet de fleurs et le donne à Hanz

Du Même auteur :

Trois vies d'amour
Lulu.com

Nuits de crime
Lulu.com

Sur la même longueur d'ondes
Lulu.com

Le quatre mains
Lulu.com

Sous le Ciel de Tierraplana

Lulu.com

Edition : Books on Demand,
12/14 rond-Point des Champs-Elysées, 75008 Paris
Impression : BoD - Books on Demand, Norderstedt, Allemagne
ISBN : 9782322101986
Dépôt légal : janvier 2018